샹그릴라를 찾아서

홍사성

강원도 강릉 출생
2007년 《시와시학》 등단
시집 『내년에 사는 法』 『고마운 아침』 『터널을 지나며』
sshong4@hanmail.net

샹그릴라를 찾아서

—

초판 1쇄 2022년 10월 25일
지은이 홍사성
펴낸이 김영재
펴낸곳 책만드는집

—

주소 서울 마포구 양화로 3길 99, 4층 (04022)
전화 3142-1585·6
팩스 336-8908
전자우편 chaekjip@naver.com
출판등록 1994년 1월 13일 제10-927호
ⓒ 홍사성, 2022

—

* 이 도서는 한국출판문화산업진흥원의 '2022년 중소출판사 출판콘텐츠 창작 지원
사업'의 일환으로 국민체육진흥기금을 지원받아 제작되었습니다.

—

ISBN 978-89-7944-815-3 (04810)
ISBN 978-89-7944-354-7 (세트)

책 만 드 는 집   시 인 선 205

샹그릴라를 찾아서

홍사성 시집

책만드는집

나의 왕오천축국전

사막, 그 너머
당신에게 가는 길 너무 멀다

불화로 같은 땡볕
바람의 언덕
모래폭풍
갈색 전갈
까마득한 솔개 그림자
백골 화분에 돋아난 풀씨 하나

타는 목마름 견뎌야 이를
아물아물 오천축국
하얀 목숨 하나 짊어지고
걷고 또 걷는다

사막의 길, 촉루의 길

2022년 가을 홍사성 합장

| 차례 |

1부   실크로드를 찾아서

2부 중앙아시아를 걷다

3부   짧은 말 깊은 생각

4부   차마고도를 넘다

5부 　바이칼에서 몽골까지

1부
실크로드를 찾아서

덜 된 부처

실크로드 길목 난주 병령사 14호 석굴입니다

눈도 코도 귀도 입도 없이 겨우 형체만 갖춘
만들다 만 덜 된 불상이 있습니다

다 된 부처는 더 될 게 없지만
덜 된 부처는 덜 돼서 될 게 더 많아 보였습니다

그 앞에 서니 나도 덩달아 부끄럽지 않았습니다

막고굴 방문기

여기서는
불모佛母의 손 닿기만 하면

흙도 부처 되고
나무도 부처 되고
돌도 쇠도 다 부처 되었다 한다

아직 부처 못 된 건
부처의 형상을 한 인간뿐이라 한다

맥적산에서 한소식

잘나간다고 으스대지 말 것

예쁘다고 요란 떨지 말 것

오해와 만나면 팔다리쯤 쉽게 부러지고

질투에 걸리면 눈알까지 뽑히는 일 숱하다

그 지옥은 맥적산 불보살도 못 피했는데

영험 없는 중생이야 더 말해 무엇 하겠는가

그러니, 무슨 일이든 끝장 보려 하지 말 것

절정의 때가 추락의 시작임을 잊지 말 것

월아천月牙泉 명상

달빛은 쏟아져 샘물이 되고

샘물은 고여서 달빛이 되고

바람은 젖어서 이슬이 되고

이슬은 말라서 바람이 되고

시간은 흘러서 모래가 되고

모래는 쌓여서 시간이 되고

사람은 죽어서 먼지가 되고

먼지는, 먼지는 날아가 허공이 되고

색즉시공 공즉시색

사막에도
풀이 돋아나면
초원

초원에도
모래가 쌓이면
사막

그대여
차가운 손 뜨겁게 잡던

나의 초원, 그대여

양관陽關에서 묻다

오천축, 거기까지 다녀오려면
사막을 건너고
설산을 넘고
태풍과 모래바람을 견디고
손오공처럼 온갖 요괴와 싸워야 한다

오랜 옛날
동진의 법현은 낙타 타고 갔다 배 타고 돌아왔고
당나라 현장은 낙타 타고 갔다 낙타 타고 돌아왔고
그 후배 의정은 배 타고 갔다 배 타고 돌아왔고
신라의 혜초는 배 타고 갔다 낙타 타고 돌아왔다

그런데 그대는
어떻게 갔다 어떻게 돌아오려는가
왜 만 리도 더 먼 천축으로 가고자 하는가
누가 기다리고 있는가 다녀오면 무슨 영광이 있는가

18

안 가면 큰일이라도 생기는가

여기서부터는
겁 많고 궁둥이 무겁고
발바닥에 상처 난 사람은 걸어갈 길이 없다
지금이라도 돌아서는 게 백세 천세 오래 사는 길이다
그래도 가겠는가, 정말 떠나겠는가

고도古道

서역으로 가는
하서회랑 어귀에 이르렀다

지금부터는
길가의 마른 해골이 이정표

지도에는 지명만 남아 있는
이천오백 리 험로

대상들은 소금 땀 말려가며
이 길을 걸어갔다

사막의 달

밤기차로 난주에서 돈황 가는 길 무위 장액 주천 지나 어디쯤부터 노란 사막의 달이 반가운 얼굴로 따라왔다

옛 대상들도 낙타 방울 소리 들으며 후텁지근한 이 길 밤새 걸었다며 자청해서 앞서거니 뒤서거니 길동 무해 주었다

듣지 않는 척해도 속말 다 털어놓던 사막의 달은 새벽이 밝아오자 하늘 가득 그리움 같은 달빛만 남 기고 사라졌다

우리의 만남은 진사겁의 인연, 가는 길 달라도 다 시 못 보더라도 저 달 보면 그리워하자던 옛 친구 닮 은 달이었다

교하고성에서

집은 땅 위에만 짓는 줄 알았다

성은 반드시 돌로 쌓는 것인 줄 알았다

40도가 넘으면 사람이 못 사는 줄 알았다

지상에는 종교가 하나밖에 없는 줄 알았다

사랑은 잘생긴 사람들만 하는 줄 알았다

못난 인생은 인생도 아닌 줄 알았다

무너지면 역사가 아닌 줄 알았다

정말 다 그런 줄만 알았다

투루판

해발 마이너스 154미터
연간 강수량 30밀리
여름 최고기온 48도

그동안 나는 불평이 너무 많았다

화염산의 말

밤에는 20도 한낮에는 65도
계란을 익힌다는 온도다

그런 뜨거운 가슴 갖지 않은 자
언감생심 이 언덕에 오를 생각 하지 말라
죽음을 각오하지 않은 자에게
내어줄 곁은 없다

그런데
이 잡것아, 그게 그렇게 두렵냐

시뻘건 쇳덩이 입에 문 나는
할 말이 없었다

당신에게 가는 길

서쪽으로
십만 팔천억 국토 지나야 이른다는
이별도
미움도
슬픔도 없다는
그리운 당신 계시는
그곳

가는 길
어디에 있을까, 어떻게 가야 할까
나무도
길동무도
오아시스도 없는
가도 가도 아득한
먼 길

누란의 미녀와 하룻밤

우루무치 신장 자치구 박물관 2층
미라들만 모아놓은 고시ㅁㅏ 전시실
하얀 조명 아래 누워 있는
누란의 미녀를 보고 온 날 밤이었다
붉은 머리카락 갈변한
키 152cm 혈액형 O형 나이 45세
유럽 출신 누란 왕국의 풍염한 미녀가
한밤중 몰래 찾아왔다
삼천팔백 년 전 모래언덕이 노을에 물들 때
사랑을 잃은 슬픔으로 헤매다 묻힌 그녀는
아름다움 뽐낼 때 쓰는 깃털모자와
올 성근 마 바지에 비단 신발 신은 채였다
죽어서도 썩지 못한 그녀는
이제야 못다 한 말 들어줄 사람 만났다는 듯
몽유병 같은 사랑 이야기로 밤새
사막의 밤을 잠 못 자게 보채는 것이었다

아침, 식당에 내려갔더니
그녀는 어느새 새 옷 갈아입고
이국 손님들을 웃으며 안내하고 있었다

타클라마칸 사랑

죽어도 헤어질 수 없는 연인들이었다

이승에서는 지키지 못할 약속 지키려고
가마솥처럼 달아오른 사막으로
돌아오지 못할 땅으로 걸어 나갔던 것이다
이슬 되고 먼지 되고 바람 되어
뜨거웠던 마음 흔적이나마 남기려고
몇 날 며칠을 걸어 여기에 이르렀던 것이다
마지막 한 방울 남은 물 나눠 마시고
죽음으로 이룬 사랑 기뻐하며
슬픈 행복의 모래 속에 묻혀갔던 것이다
그리고, 한 천 년쯤 지나
모래바람 휩쓸고 지나간 어느 아침
여인의 허리처럼 잘록한 타클라마칸 사구에
육신은 사라지고 사랑만 남은
한 줌의 모래 먼지로 나타난 것이다

목마른 사랑의 증거였다

달콤한 것들의 운명

사막 한복판 투루판에서 생산되는 포도는 당도가
너무 높아 맛 좋은 포도주를 빚을 수 없다 합니다

첫사랑이 안타까운 것도 사막 포도처럼 너무 달콤
해 향기로운 술을 담글 수 없기 때문일 것입니다

2부
중앙아시아를 걷다

사막을 건너는 법

먼 길 가려면 욕심은 금물
등짐은 항상 가볍게 지고 다닐 것
가장 믿을 만한 친구는 튼튼한 두 다리
외로움 견딜 마음의 근육은 미리 키워둘 것
위로가 필요할 때는 별을 보는 것도 방법
그래도 힘들면 흘러가는 구름을 바라볼 것
지름길이 먼 길 된 경우도 많다니
길 떠나기 전 턱 괴고 몇 번 더 궁리해 볼 것
동행할 사람 있다는 건 행운 중의 행운
다만, 다 내 맘 같지 않다는 걸 기억할 것
즐거운 일 괴로운 일은 언제나 반반
양말 벗고 목 축이고 싶다면 끝까지 참을 것
그러다 더는 못 걷겠다 생각되면
노을 붉은 날 혼자 슬그머니 사라질 것

낙타

우적우적 여물 몇 입 씹다가
일어서야 한다
무릎 꿇고

툴, 툴, 투루룩 콧김 내뿜으며
걸어야 한다
하루 종일

코뚜레 뚫려
등짐 지는 일은
벗어날 수 없는 낙타의 멍에

견뎌야 한다
사는 날까지
젖 먹던 힘 다해, 큰 눈 껌벅이며

귀띔

우즈베키스탄 사막
키질쿰이 귀띔해 주었다

맑은 날만 계속되면
금방 사막이 되고 만다는 것

고기압만으로는
비를 내리게 할 수 없다는 것

사막이 안 되려면
울 줄도 알아야 한다는 것

도망치기 좋은 밤

오랫동안 은밀하게 추진해 온 일이었다
마침내 그 순간이 눈앞에 다가왔다
더 이상 망설일 이유가 없다
여기는 아이다르 사막 한복판
뭇별들 한꺼번에 뜬 지금이야말로
소리 소문 없이 도망치기 좋은 밤이다
일행들 머리까지 이불 뒤집어쓰고 코 골 때
모든 남루 벗고 환상처럼 빛나는 것이다
장대 들고 사다리 타고 올라가면
별 몇 개 따 오는 일 언제든지 가능한
이국의 밤하늘은 얼마나 깨끗한가
검은 허공에 빗금 긋는 별똥별처럼
지금부터 불타며 날아가자
나의 온갖 부끄러움 다 소멸된 그곳으로
아무도 몰래 꿈꿔온 황홀한 시간 속으로

아이다르 호수의 전설

아이다르 사막 가로지르는
시르다리야강 범람으로 생겨난
1969년생 신생 호수, 이름은 아이다르쿨

길이 250킬로미터
면적 3,478제곱킬로미터
수심 34미터
용적 44.3세제곱킬로미터

사막의 별들은 여기에 모여
노을 물에 목욕하고 온몸 반짝이며
밤마다 하늘로 올라갔다 돌아오곤 한다

계집 별 하나 어떤 큰 별과 눈 맞아
호수로 돌아오지 않고 있는데
여직 바보처럼 기다린다는 이야기도 있다

기둥이 된다는 것

우람을 으스대는 기둥
섬세한 조각 돋보이는 기둥
사람들이 기대고 싶어 하는 기둥
지붕 안 무너지게 온몸으로 버티는 기둥
구부러지는 걸 용서하지 않는 기둥
사막의 모래바람 견뎌낸 기둥
부러지더라도 저 할 일 하겠다는 기둥
수많은 전쟁과 약탈 지켜본 기둥
한 귀퉁이에서 조금씩 삭아가는 기둥

히바 성 기둥박물관에 모인
중앙아시아 213군데 모스크 떠받치던
기둥서방 같은 나무 기둥들이었다

세상 태어난 보람으로
쓰러지지 않을 기둥 하나 우뚝 세우려

기둥보다 더 기둥 같은 사내들 서성대는
사막보다 더 사막 같은 곳에서 온 사내에게
한 나무 기둥이 거만하게 물었다

너는 어떤 하늘 떠받치는 기둥인가

코란박물관 녹피 경전

죄 없는 사슴 사백여 마리가 희생되었다

종이처럼 얇게 펴진 녹피鹿皮는
길 잃은 사람들 인도해 주고
죄에서 구원해 달라는 기도의 말씀 써넣은
오스만 정본 코란 제작 사업에 바쳐졌다
그로부터 천사백 년이 지난 뒤
세계 최고最古의 녹피경전이 된 사슴들은
타슈켄트 코란박물관 중앙에 전시되었다

목숨이 백 개라면 백 개 다 바쳐도 좋을
사슴의 몸으로는 생각지도 못할 영광

그러나!
누군가의 웃음에는 누군가의 눈물 묻어 있었다

왕의 뒷모습

키는 구 척 용맹은 사자
싸우면 이기고 이기면 앞으로 나아갔다
멀리 아랍까지 제국을 넓혀
사마르칸트를 영광의 수도로 만들었다

누구도 무릎 꿇지 않을 수 없는 왕 중의 왕
미인들은 그의 여자가 되는 게 꿈이었다
없는 것 빼고 다 가진 부러울 것 없는 사내
위대한 만큼 더 존경받고 싶었다

그렇지만 그의 별명은 다리 저는 절름발이 왕
그걸 감추려고 앉은 모습만 그리게 했다
천하가 다 아는 혼자만의 비밀에 발목 잡혀
평생을 전전긍긍했던 어쩔 수 없는 인간

티무르 제국을 세운 왕의 뒷모습이었다

나는 눈을 감고 있었다

형벌이 무서워 끌려 나온 병사들이었다
죽는 게 겁나서 싸웠으나
죽는 게 겁나 싸우는 적군을 만나 죽어야 했다
목은 양 대가리처럼 잘려
승전 기념으로 성벽 밖에 내걸렸다
파리가 들끓고 시체 썩는 냄새가 진동했다

'누구든 성을 넘으려는 자 이렇게 되리라'

전쟁은 더 죽을 병사가 없을 때야 끝났다
핏물은 강을 이루고 패잔병들은 도망쳤으나
죽은 병사는 한 명도 살아나지 못했다
남겨진 어미와 자식들의
젖은 통곡 소리만 몇 달이고 계속됐다
아무도 그 눈물 닦아주는 사람 없었다

아르크 성을 배경으로 찍은 사진을 보니
나는 눈을 감고 있었다

칼란 미나렛

하늘나라 더 가까워지도록
중앙아시아에서 가장 높은 첨탑이게 하라
하루에 다섯 번씩 울리는 종소리
그 종소리로 신의 은총 찬미하게 하라
노을 지면 사방에 내건 등불
먼 길 걸어온 대상들 안도케 하는
사막의 등대이게 하라

때로는 까마득 허공으로 죄인 떨어뜨려
죽음의 미나렛으로 불렸지만
그 날씬한 장대함이 되레 칭기즈칸 모자 벗겨
왕국의 자존심 지켰듯이, 이제는
누구도 겁먹지 않고 오래오래 쳐다보게 하라
다시는 전쟁도 처형도 없는
무너지지 않는 평화의 미나렛이게 하라

이 모든 것은 신의 뜻대로!

운명론을 철학함

기왕이면 부잣집 강아지로 태어나
발톱도 깎고 이름도 하나 얻어
매일 목욕하고 먹을 것 걱정 안 하고
아프면 병원 가고 호강할 일이지
하필이면 사막의 양으로 태어나
마른 풀 뜯으러 황야로 나가
뜨거운 햇살 사나운 들개에 쫓기다
끝내 서러운 목숨 버려야 하다니

서울역 어떤 인생과 빼박은 듯 닮은
중앙아시아 키질쿰 사막 저 착한 양 떼는
어느 별에서 무슨 죄를 지어서
이 거친 벌판에 태어났다는 것인지
자라투스트라에게 묻고
붓다에게 묻고
예수에게, 무함마드에게 물으면
그분들 무슨 그럴듯한 말씀 해주시려나

사막소나무

하루 종일 햇볕만 가득한
구불구불 시르다리야강 변 모래언덕

키는 작고 엽록소는 바랠 대로 바래
아무도 눈여겨 쳐다보지 않는
그러나 향기는 조선소나무 못잖은
여기서는 '두가이'라 불린다는 침엽수

아직 마땅한 한국식 이름 못 얻은 너에게
2017년 9월 22일 자로 한국 시인들이
이름표 하나 달아준다

날마다 지평선 끝 낙조 바라보며
우즈베키스탄에 뿌리내리고 살아가는
고려인 4세 관광 가이드 김율리아처럼
강인한 너는, 오늘부터

사막소나무!

캐러밴

가는 길 험하고 멀어도
이날껏 그림자 하나 동무 삼아 걸었다
때로는 주저앉고 싶은 걸 버티며

포기하지 않은 건 집 떠난 자의 오기
편한 길 그런 건 없었다
절룩거리며 걸을지라도 참았을 뿐

드디어 보이는 먼 불빛
결론은 어쨌든 여기까지 왔다는 것
깊은 숨 몰아쉬며 지나온 길 돌아본다

그 무섭던 천신만고 우여곡절
이제는 지나간 옛날이야기
돌아보니, 인생 그거 별것도 아니었다

우물에 빠진 사내

중앙아시아 사막도시 히바의 고성 하렘 구역에서
였다 왕의 여자들이 썼다는 깊은 우물을 구경하는데
누가 '빈두로돌라사위우다연왕설법경'이라는 불경
속 이야기를 꺼냈다

어떤 사내가 광야에서 코끼리한테 쫓기고 있었어
마침 등나무가 늘어진 마른 우물을 발견하고 피신
을 했대
그런데 흰 쥐 검은 쥐가 그 넌출 갉아 먹는 거야
사내는 줄이 끊어질까 걱정돼 아래를 내려다보았지
오 맙소사, 바닥에는 뱀들이 우글거리고 있었어
놀라서 비명을 지르는데, 이건 또 웬 횡재
어디서 달달한 꿀이 다섯 방울 떨어지는 거야
꿀맛을 본 사내는 그 위중에도 한 방울 더 맛보려고
끊어질 듯한 등나무 넌출을 흔들어댔다는 거야

얘기를 들으며 그 오래된 우물을 들여다보는데 살아온 흔적 감추지 못한 어떤 사내의 일그러진 용모파기가 깊은 밑바닥에서 떠올랐다 변명하는 웅웅거리는 소리도 들렸다

저녁노을

사막도시 히바의 옥상 식당에서 오랫동안 저녁 해를 바라본 적 있습니다

저녁 해는 한 시간 넘게 사막을 붉게 물들이다 지평선으로 넘어갔습니다

하루치 일을 끝내고도 사막을 밝히려 용을 쓰다 사라지는 것 같았습니다

이후 나는 무엇이 세상을 물들게 하는가를 가끔씩 생각하게 되었습니다

3부

짧은 말 깊은 생각

서역

물도 없고
꽃도 없고
햇볕만 뜨거웠다

그런데도 밤이 되면
별이 뜨고
달이 떴다

그리운 것들은
모두
서역의 별로 떠 있었다

사막의 길

가도 가도 모래바람 황량한
낯선 길

하루 종일 햇볕만 내리쬐는
뜨거운 길

가다가 뒤돌아보면 아직도 먼
아득한 길

쿠무타거* 모래언덕

발목이 푹푹 빠져 걸을 수가 없었다

올라가려 할수록 자꾸만 미끄러졌다

여태껏 걸어온 길과 별반 다르지 않았다

* 실크로드 길목 투루판에 있는 사막.

단봉낙타

모래폭풍 오려나
눈을 뜰 수 없네

갈 길 아직 먼데
등짐은 줄지 않네

낙타는 목이 말라도 사막을 건너야 하네

사막 꽃

고개 들어 태양을 향해 외친다

비바람 피한 적 한 번도 없었다고
뜨겁게, 뜨겁게 살아 여기서 꽃 폈다고

차마고도에서

벼랑길
걸어가는데
다리가 떨렸다

자칫
헛디디면
그대로 저승길

그동안
죄짓고 산 일
생각할수록 두려웠다

옥룡설산을 바라보니

저 나무는
작년 겨울 추위에 부러진 것 같다

저 들개는
집 나온 지 몇 달째 되는 것 같다

이 세상
어느 누구도
사연 없는 목숨은 없었다

분단, 무너지다

매리설산
한반도 지도 얼음폭포
무너지다

백년결빙
단단한 저항
조금씩 무너지다

시치미 떼는 척해도
속으로는
진작 무너지다

샹그릴라를 찾아서

이런 꿈
저런 꿈
날마다 꾸지만

허위단심
찾아가 봐야
별것도 없네

헛꿈만
꾸지 않으면
여기가 바로 그곳

게르에서 며칠 밤

초원 한복판
몽골 전통 가옥

게르

짓는 데 네 시간
허무는 데 두 시간

우리는 여기서 며칠
짐 풀었다

떠난다

사마르칸트 공동묘지

세상은
웃음과 눈물로 가득한
여행

이렇게 될 줄
알았으면
진작 착하게 살걸

세상의
모든 후회가
여기에 묻혀 있다

고려인

맨몸으로 중앙아시아 벌판으로 내몰렸지요
십오만 명 중 겨우 오만 명만 살아남았지요

요즘은
옛날 말 하듯
지난 일 돌아보며 살지요

시베리아 자작나무

늘 적당한 거리 지키며 키를 키운다

햇볕과 바람은 사이좋게 나눠 갖는다

남의 땅 넘보지 않고 숲 이루며 살아간다

천지공사 天地公事

오줌 누러 일어나
시계를 보니
세시 이십분

바이칼 호수 위에 잔별들 총총했다

천지는
아무 일 없이
잘 돌아가고 있었다

귀가 歸家

열흘쯤 집 비웠더니 잡풀 무성하다

주인 없는 줄 알고 마음껏 자랐구나

고맙다 나를 기다려 너희들이 집 지켰구나

4부
차마고도를 넘다

차마고도 벼랑길

잠깐 한눈파는 사이
돌 구르는 소리

놀라 내려다보니
까마득한 천길 벼랑

그 길,
다리 후들거리며 걸어간다

아무도 대신 가주지 않는
가파른 외길

마방馬幇

중국 운남성에서 티베트 라싸까지
해발 4천 미터 험한 산길 이어진
차마고도 오가던 마방들은
말방울 소리 길동무 삼아 걸어갔다 한다

차를 말로 소금을 야크로 바꾸기 위해
허기나 갈증 따위는 오랜 친구인 듯
때로는 낮달 쳐다보며 고향 생각도 하며
이런 게 인생이려니 하고 걸어갔다 한다

발바닥 물집 같은 고통쯤은 모른 척
천축을 찾아가던 구법승처럼
돌아서기에는 늦었으니 그냥 가야 한다며
욕심 반 고집 반으로 걸어갔다 한다

그렇게 견디지 않으면 살아낼 수 없어

추워도 참고 더워도 참으며 걸어갔다 한다
가도 가도 외로운 차마고도 그 끝을 향해
쉬지 않고 터벅터벅 걸어갔다 한다

호도협곡 虎跳峽谷

이 산 저 산
사이

당신과 나
그 사이

계곡 아찔하게
깊다

호랑이가
건너뛰었다는

위험한
사랑

라마 사원에서

매리설산 연화사에서
이십 위안 보시하고 오체투지 세 번

샹그릴라 대불사에서
향 세 개 꽂고 우요삼잡 합장 반배

작은 포탈라궁 송찬림사에서
마니차 여섯 번 돌리며 옴마니밧메훔

남몰래 지은 죄는 죄다
남몰래 라마 사원에 내려놓고 갑니다

너는 누구냐

천불전 짓고 이사 가는 라마 부처님들
이슬비 맞으며 옹기종기 모여 있다

때로는 웃고 때로는 슬퍼하는
때로는 울고 때로는 즐거워하는
내 안에 둥지 튼 또 다른 내 모습

그동안 나는 어떤 얼굴 보여줬을까
본존 같은 내 모습 어디에 숨겨놨을까

라마 사원 향내 묻은 새 한 마리
산 밑까지 따라오며 짹짹댄다

이제는 진짜 얼굴 보여줄 때 됐잖아?

대리석 꽃무늬

처음 알았다
대리석이라는 말 운남성 대리에서 유래됐다는 것
석회암이 높은 온도와 압력 받아 변성한 돌이라는 것
그 과정에서 꽃무늬가 생겨 아름답다는 것
쉽게 만들어지는 게 아니라는 것

뒤늦게 알았다
사랑이란 말 사람과 사람 사이가 뜨거워야 생긴다
는 것
가슴이 백만 톤 압력 받으면 얼굴도 변성된다는 것
그 과정에서 심장에 꽃무늬가 찍힌다는 것
아무리 애써도 지울 수 없다는 것

눈 맞춤

합파설산 비탈길 내려오다
발길 멈추고 바라본
작은 풀꽃

입술 앙증맞게 붉다

숱한 꽃 무심하게 지나쳤는데
무슨 인연으로 여기서
만났을까

그도 오랜 숙연이 놀라운지
살짝, 고개 돌려
쳐다보았다

아무도 모르는
우리 둘만의 눈 맞춤

벼랑 꽃

바람 불면 무너져 내릴 것 같은 절벽

물기라고는 참새 눈물만큼도 없는 곳

그래도 이게 어디냐, 돌 틈에 뿌리 박고

죄 없는 나날 푸른 하늘 쳐다보며 산다

멀리 딴 세상 가보고 싶은 적 있었지만

싸구려 향수 뿌리며 잘난 척하는 게 싫어

질투 없는 맨얼굴로 웃는 친구 곁에서

비 와도 바람 불어도 내 꽃 피우며 산다

타르초 편지

바람에 실어 날려 보내면 가서 닿을까

구름에 달아 띄워 보내면 가서 전할까

세상 끝 어디서 착하게 늙어가고 있을

가끔은 그리운 그대에게 보내는 내 마음

산양

목숨 늘 위태롭다
한눈팔다 미끄러지는 순간
산 채로 산산조각, 그걸로 끝이다
벼랑은 그런 곳 안전지대가 없다
튼튼한 다리 가벼운 몸
암벽타기 선수만 살아남는다
때로는 자존심 건 뿔싸움 반나절
그래봐야 지킨 영토는 한 뼘 남짓이다
그사이 눈밭에 찍힌 발자국은
봄눈 녹듯 매일 조금씩 늙어가는데
불귀로 떠날 그날까지 견뎌야 하는
산양, 그 삶의 터전은
오늘도 절벽이다

조랑말

오늘은 어떤 손님 모시게 될까
아침 여물 씹는데 마구간 문 여는 소리
피할 수도 없는 피해서도 안 되는
또 하루의 시작

기왕 나서는 길
감당할 수 있는 무게였으면
걷는 길 너무 가파르지 않았으면
힘들 때 잠시 쉴 시간 허락해 주었으면

아니어도 할 수 없지만
다만 다치지 않고 돌아갈 수 있기를
채찍 조금이라도 덜 아프기를
무엇보다 배곯지 않기를

새들도 숨찬 합파설산

눈이라도 내려 길 막히면 좋겠는데
안 가면 안 되는 비탈길, 오늘도
산똥 싸며 걷는다 콧김 몰아쉬며

높은 산

높은 산 다니는 사람들은
오천급 이하는 산도 아니라 한다
낮은 산은 이름표도 달지 못한다 한다

나는 오천은 못 가보고
사천오백쯤 올라갔다 내려왔다
어지럽고 숨이 차 무슨 일 나는 줄 알았다

높을수록 더 위험한 산
그런데도 우리는 왜 높게 올라가려고만 할까
몇 살이면 산 앞에서 무욕해질까

모레는 산이랄 것도 없는 낮은 산으로 간다
한참 걸으면 땀이 나고
가파른 곳 있지만 감당할 만한 산

성산聖山

안개 낀 매리설산 정상은 육천칠백

큰 산치고는 못 오를 높이는 아니다

그래도 약꾼들은 중간에서 돌아선다

한 군데쯤은 미답으로 남겨두자는 뜻

진사강金沙江 언덕에서 바라보니

산다는 건 흘러가는 강물 같은 것인데

앞을 보면 두렵고 돌아보면 허무한 것인데

절반은 웃음 절반은 눈물로 얼룩진 것인데

너의 불행이 나의 행복이 되기도 하는 것인데

조금은 기쁘지만 조금은 쓸쓸한 것인데

봄인가 하면 여름 가을인가 하면 겨울 같은 것인데

한번 잘 살아보려고 하면 벌써 끝나가는 것인데

진사강처럼 끝없이 굽이쳐 흘러가는 것인데

날마다 그렇게 헤매며 살아가는 것인데

아무리 생각해도 잘 모르겠는 것인데

초웅楚雄*을 지나며

좋은 집 반값에 세금까지 깎아준다니

요리 잘하는 여자와 도망쳐 살아볼까

초패왕이 우미인을 안고 전장을 누볐듯이

사랑을 안고 이곳에 숨은들 무슨 죄랴

어느 날 인연 다해 서로 헤어진다 해도

한 시절 정다웠던 봄꿈 오래 잊지 못하리

* 요리 타운 조성 중인 운남성 대리 인근의 도시.

5부
바이칼에서 몽골까지

바이칼의 비밀

동시베리아 336개 크고 작은 강
천천히 흘러와 풍요의 호수가 되었음

면적 31,722제곱킬로미터
가장 깊은 수심 1,637미터
품속에는 1,550여 종 목숨이 살아감

결코 넓고 깊은 가슴 자랑하지 않음
그런데도 매년 수십만이 찾아옴

물안개

바이칼도 물안개는 별게 아니었다

한민족 조상이 태어난 호수
춘원이 사랑의 도피처라 쓴 호수
지구의 푸른 눈이라 불리는 호수

그러나 아침에 나가보니
일산 호수공원과 크게 다를 것 없는
물안개 피워 올리고 있었다

더 멋지고 신비한 물안개 그런 건 없었다

세상의 모든 호수와 마찬가지로
자기 나름 넓이와 깊이로 만든 물안개
그걸 보여줄 뿐이었다, 조용히

어머니

지상에서 가장 오래된 담수호
깊고 푸른 바이칼 밤낮 출렁인다

가슴은 늘 조바심이다
밖에 나갔던 별들 다 돌아올 때까지

알혼섬 누렁이

어젯밤 별 구경 때 만났던 늙은 개였다

옆에 와 슬멋 몸 기대며 알은체했다
목덜미 쓰다듬어 주자 꼬리를 흔들었다

이제 더 그리울 일 없는지 눈을 감았다
나를 따라온 이유가 그것인 것 같았다

오래전 헤어졌던 한 얼굴이 생각났다

시베리아 횡단열차를 타고

이르쿠츠크를 출발하자
자작나무 숲에 둘러싸인 바이칼이
한참 더 따라오다 사라졌다

유라시아 평원을
스물세 시간 밤낮으로 달리는데
차창 밖 풍경이 영화처럼 지나갔다

우리의 여행은
몇 군데 역에서만 잠시 쉬었다 갈 뿐,
끝없는 이별 새로운 만남의 연속

내일은 또 어느 지도 위에서
어떤 사진을 찍을까

잠시 후면 초원의 땅 울란바토르다

몽골 초원 견문록

끝없이 펼쳐진 지평선을 보다

끝없이 불어오는 바람을 보다

끝없이 흔들리는 들풀을 보다

끝없이 흘러가는 구름을 보다

끝없이 기다리는 사람을 보다

끝없이 적막한 외로움을 보다

나는 몽골 양치기

발밑 풍경은 아득한 지평선
시계 따위 안 본 지 제법 오래
아프면 아프고 세월 가면 늙을 뿐
잘난 척 세상과 싸우던 일 다 접었다
보름 전에는 먼 곳 아이들 다녀가고
그제는 잔칫집에서 공술 얻어먹고
내일은 잠시 친구들 찾아온다니
돈 없어도 큰 불만 없다

가끔은 게르 위 밤별 쳐다보고
또 가끔은 어떤 얼굴도 그려보지만
소원은 그저 마음 한가로운 것
해 뜨면 다시 양 떼 몰며 하루를 산다
오늘도 어제처럼
구름 한 점 높이 떠가고
바람 한 아름 길게 지나가고
말똥도 꾸덕꾸덕 말라가는 걸 바라보며

우리는 에르덴조 사원으로 간다

　몽골 옛 수도 카라코룸 에르덴조 사원 남녀합환상
은 절대 무아의 고통스러운 표정이다 요니를 무릎에
앉힌 요기는 결승선을 앞둔 마라토너가 안간힘 쓰듯
얼굴 일그러져

　신김치 먹은 양 찡그린 환호는 교합의 절정 천당과
지옥은 백지 한 장이라는 비밀 말씀 여기서 다시 읽
는다 삶과 죽음이 하나이듯 즐거움과 괴로움 또한
다르지 않다는

　늙은 라마처럼 백 가지 보물 숨긴 폐허의 사원은
천년 저렇게 무언의 설법이다 지상의 어떤 기쁨도
안개처럼 사라져야 할 운명이라면 그 허무의 극명
여기서 깨달으라고

　그렇지만 끝내 열락의 구극에 닿고 싶은 불덩이 같

은 사람들은 오늘도 백팔 탑 담장 두른 에르덴조 사
원으로 간다 순례승처럼 만리 먼 길 오체투지로 남
몰래 가슴 뛰며

들풀로 살아가기
– 호스타이 국립공원 인상

고개 들고 나대지 않는다

햇볕 좋으면 하늘 쳐다보고
비 오면 목 축일 뿐

잘난 척할 일, 부끄러울 일 없다

비바람 멎었으니
말들에게 뜯어 먹힐 시간

내일은 거름으로 돌아오리

사막 공부

몽골 바얀고비
미니 사막에서 배웠다

사막에도
살아가는 생명이 있다는 것

어떤 극한에서도
사는 방법이 있다는 것

꽃도 벌레도
결코 엄살 부리지 않는다는 것

고비 사막

새 한 마리 날지 않는

풀 한 포기 보이지 않는 모래언덕

등짝 지지는 불볕

검누런 지평선 아물거리는 땅

마른 뼈 이정표 삼아 걷고 또 걷는다

이르고자 하는 거기 어디인가

고비고비 굽이굽이

건너가야 할 그곳, 한참 멀다

전갈

나는 독해지지 않을 수 없다
이 가난한 몸으로 이 메마른 사막에서
저 많은 적들과 겨뤄 살아남으려면
무엇 한 가지는 자위 수단이 있어야 한다
불판 같은 모래 위에서 종일 몸 달궜다가
새벽안개 모아 맺은 이슬, 그걸 먹고 만든
나의 독은 치명적이다
찔리면 누구라도 응급 상황이다
나는 결코 만만한 노리갯감이 아니다
무심코라도 건드리면 언제든 반사적으로
꼬리에 감춘 독침을 쏠 것이다
믿을 건 이것밖에 없다
나의 몸부림은 오직 살기 위한 것
다른 원한이나 욕심은 없다
전갈처럼 독하다는 말 함부로 하지 말라
나도 목숨, 살아야 하지 않겠는가

제국의 역사
- 몽골 옛 수도 카라코룸을 지나며

정복자 말발굽 닿는 곳마다
피비린내 천지에 진동했다더라

칸의 위엄에 무릎 꿇지 않으면
강아지도 용서하지 않았다더라

산 자의 눈물 죽은 자의 슬픔이
제국의 영토가 되었다더라

그러나 영광은 풀잎의 이슬
제국의 역사 또한 그러했다더라

몽골 독수리

하늘에는 길이 없다
내가 날아가는 곳이 길

살아가는 방법 따로 없다
내가 살아가는 것이 방법

천하 큰일 중 해보고 싶은 건
구름 위 낮달 물어 오는 것

오늘도 예닐곱 번 고공비행
내일은 더 높게 날으리

깊이의 문제

몽골 초원 그 넓은 땅은 풀만 자라고 키 큰 나무가
없었습니다

여행안내인 설명으로는 지심이 깊지 않기 때문이
라 했습니다

내가 쓴 여행 시편들이 변변치 못한 것도 까닭이
있습니다

겉보다는 속, 넓이보다 깊이를 헤아리지 못했기 때
문입니다

쉽고 살가운 시로 다가오는
더없이 높은 깨달음

이경철 문학평론가

"이런 꿈/ 저런 꿈/ 날마다 꾸지만// 허위단심/ 찾아가
봐야/ 별것도 없네// 헛꿈만/ 꾸지 않으면/ 여기가 바
로 그곳"(「샹그릴라를 찾아서」전문)

평범해 완벽한 인간의 삶과 시, 구도求道의 실크로드 여정

홍사성 시인의 이번 시집 『샹그릴라를 찾아서』는 제목
처럼 '샹그릴라'라는 지상낙원을 찾아서 떠나는 여행시
집이다. 서역, 실크로드 곳곳을 여행하며 보고 만난 풍물
들에 대한 느낌을 짧고 쉽고 솔직하게 써 내려가고 있다.

그런 시편들을 읽으면 최상의 깨달음 또는 도道가 간명

하게 들어온다. 그렇게 높고 아득해서 추상적이었던 샹그릴라가 실제로 잡혀 온다.

가식 없이 써 내려간 쉽고도 짧은 시편들 속에서 플라톤이 말한 이데아, '실재實在'가 '실제實際'로 잡혀 온다. 우리가 사는 세상, 현상계를 떠나 순수관념으로만 닿을 수 있는 실재Reality가 우리네 삶의 구체적 실감으로 실제로 다가온다.

앞에서 인용한 이번 시집의 표제작 「샹그릴라를 찾아서」는 이러한 특장을 잘 드러내고 있는 작품이다. 형태상세 연, 각 연은 세 행씩 구성된 비교적 짧고 단정한 시다. 3장 6구 45자 내외로 된 우리 민족의 전통 정형시인 시조면서도 전통이며 정형 등의 틀을 뛰어넘어 답답하지 않고 자유스럽다. 이렇듯 이번 시집에서 시인은 자유시, 시조, 산문시, 이야기시 등 시의 전 장르를 융통자재로 활용하고 있다.

시어며 내용, 시상 전개도 그리 어려울 게 없다. 누구든 일상에서 느끼곤 하는 것을 일상어로 편하게 전개하고 있다. 그래서 누구에게든 눈과 귀에 쏙쏙 잘 들어온다.

그러면서도 가슴속에 '쿵' 하는 깨달음의 울림을 준다. 아니 깨달음을 주는 게 아니라 공감의 울림을 준다. 개똥

밭에 굴러도 지금 살아 있는 여기, 이승이 낫다고. 관념 속의 이데아, 꿈의 유토피아보다 생생한 이 삶의 순간이 낫다는 것을 자연스레 보여주고 있다.

홍 시인은 최근 발표한 '시작노트'(《좋은시조》 2022년 여름호)에서 자신의 시작법을 다음과 같이 간명하게 밝혔다. "공교한 수사는 써본 적 없습니다. 본 대로 느낀 대로 편하게 씁니다. 평범한 얘기일수록 눈여겨봅니다"라고.

참 간단하고 쉽고 솔직한 시작법이다. 이런 솔직하고 좋은 시작법이기에 평범하면서도 가슴에 직격해 들어와 우리를 감동시키는 시편들을 보여주고 있는 것일 게다.

그래 홍 시인의 시편들은 지하철 등 공공이 많이 모이는 장소에 내걸려 있고 또 인터넷상에서 서로서로 많이들 퍼 나르며 공감하고 있다. 유자효 시인(한국시인협회장)은 최근 그런 시 몇 편을 중앙일간지에 소개하며 시인과 시편들에 대해 "내가 만난 사람 가운데 가장 완전한 인간형을 갖춘 인물"이라며 "고와라, 그 아득함이여"라고 찬탄했다.

사막, 그 너머
당신에게 가는 길 너무 멀다

불화로 같은 땡볕

바람의 언덕

모래폭풍

갈색 전갈

까마득한 솔개 그림자

백골 화분에 돋아난 풀씨 하나

타는 목마름 견뎌야 이를

아물아물 오천축국

하얀 목숨 하나 짊어지고

걷고 또 걷는다

사막의 길, 촉루의 길

　－서시 「나의 왕오천축국전」 전문

　『왕오천축국전往五天竺國傳』은 신라의 승려 혜초가 인도와 중앙아시아 사막과 초원을 순례하고 당나라에 돌아오기까지를 기록한 구법求法 여행기. 1천여 년이 훌쩍 지난 20세기 초 중국 둔황의 천불동에서 발굴됐다.

맨 앞에 올려놓아 서시 구실을 하게 한 위 시에서 이번 시집의 성향을 그대로 읽을 수 있다. 단순한 여행시집이 아니라 시인만의 구도求道 여행시집이란 것이다.

불모의 사막, 먼저 가다 백골이 된 생명들을 이정표 삼아 가야 할 목숨 내놓은 구도의 길은 천신만고를 겪어야 하는 여행이다. 왜 그런 여행을 하는가. 법 또는 도라는 높고 아득한 진리를 구하기 위해서일 것이다. 그러나 시인은 도라는 추상을 '당신'이라는 구체적 대상으로 살갑게 호명함으로써 우리의 일상으로 끌어온다.

먼 길 가려면 욕심은 금물
등짐은 항상 가볍게 지고 다닐 것
가장 믿을 만한 친구는 튼튼한 두 다리
외로움 견딜 마음의 근육은 미리 키워둘 것
위로가 필요할 때는 별을 보는 것도 방법
그래도 힘들면 흘러가는 구름을 바라볼 것
지름길이 먼 길 된 경우도 많다니
길 떠나기 전 턱 괴고 몇 번 더 궁리해 볼 것
동행할 사람 있다는 건 행운 중의 행운
다만, 다 내 맘 같지 않다는 걸 기억할 것

즐거운 일 괴로운 일은 언제나 반반
양말 벗고 목 축이고 싶다면 끝까지 참을 것
그러다 더는 못 걷겠다 생각되면
노을 붉은 날 혼자 슬그머니 사라질 것
　─「사막을 건너는 법」전문

　구도의 길에 가로놓인 사막을 건너는 방법은 어떤 것이
있을까. 시인은 현실에서도 숱하게 경험하는 몇 가지 예
를 들면서 단순명쾌한 해결책을 제시한다. 그 방법은 뭐
어려울 게 하나도 없다. 우리네가 인생사 전반에서 익히
체험하고 깨닫고 있는 것들이 바로 그것이라는 것이다.
　시인은 일찍이 산문山門에 들어 불법을 구하려 용맹정
진하다 하산했다. 불교는 물론 동서고금의 철학과 사상
도 꿰고 있는 재가불자在家佛子의 선지식으로 꼽히는 시
인이다. 그런 시인이 경전의 관념을 떠나 여행 중에, 우리
네 인생의 여행 중에 느끼고 깨달은 것을 쉽고도 살갑게
전하고 있는 시집이 『샹그릴라를 찾아서』다.
　시 편편 속에 들어 있는 그런 깨달음이 독자들과 자족
적으로 공명하고 있어 해설은 사족에 불과하다. 무릇 해
설을 구차하게 만드는 시가 좋은 시다. 해설이라는 논리

나 설명을 펄펄 살아 있는 구체로 살갑게 보여줘 감동케
하는 장르가 시 아니던가. 그럼에도 그런 여행을 시인과
함께 몇 번 다녀온 인연으로 시 편편을 따라 읽어본다.

서역 여행 중 깨달음을 쉽고 살갑게 전하는 시편들

달빛은 쏟아져 샘물이 되고

샘물은 고여서 달빛이 되고

바람은 젖어서 이슬이 되고

이슬은 말라서 바람이 되고

시간은 흘러서 모래가 되고

모래는 쌓여서 시간이 되고

사람은 죽어서 먼지가 되고

먼지는, 먼지는 날아가 허공이 되고

　　　－「월아천月牙泉 명상」 전문

　서역의 관문인 둔황의 모래산 명사산에 있는 초승달
모양의 오아시스가 월아천이다. 모래와 모래를 쓸어 가
는 바람 소리뿐인 사막 속 오아시스에서 보고 느낀 것을
솔직히 쓰고 있는 이 시에는 인생이며 우주 운항의 도며
불법佛法의 요체가 고스란히 들어 있다.

　달이 뜬 월아천에서 달은 샘물이 되고 샘물은 달이 된
다. 바람은 젖어서 이슬이 되고 이슬은 말라서 바람이 된
다. 그런 구체적 사물뿐 아니라 시간이라는 추상, 관념도
흘러서 모래가 되고 모래는 시간이 된다. 우리네 몸뚱이
라는 구체적 물건도 먼지가 되고 그 먼지는 날아가 허공
이 된다는 것을 보고 느끼며 실감하고 있다.

　그런 실감에 한 물건 한 생명이 끊임없이 몸 바꾸어 돌
고 돈다는 윤회와, 공즉시색空卽是色이요 색즉시공色卽是空
이라는 불교의 요체가 참 쉽게도 들어 있지 않은가. 그러
니 한 물건이며 현상에 집착하지 말라는 깨달음도 쉽게
공명되지 않는가.

매리설산
한반도 지도 얼음폭포
무너지다

백년결빙
단단한 저항
조금씩 무너지다

시치미 떼는 척해도
속으로는
진작 무너지다
– 「분단, 무너지다」 전문

중국과 티베트 접경에 위치한 해발 6천 미터 이상의 봉
우리들로 이뤄진 산이 매리설산이다. 만년설을 이고 있
는 그 한 봉우리 높은 계곡엔 한반도 지도 같은 빙벽이 있
다. 그 빙벽, 얼음폭포가 날씨가 더워지자 녹아 떨어지는
것을 보며 쓴 시다.

제목과 시상 전개에 분단된 우리 한반도 상황에 대한
현실 의식이 들어 있다. 그렇게 단단히 결빙된 분단도 무

너겨 통일이 이루어지기를 염원하는 시로 읽을 수 있다. 그러면서 서로 반목하고 저항하는 척하면서도 속으로는 이미 다 풀어지고 용서하는 우리네 삶의 융숭한 속내도 읽게 하는 시다.

초원 한복판
몽골 전통 가옥

게르

짓는 데 네 시간
허무는 데 두 시간

우리는 여기서 며칠
짐 풀었다

떠난다
　-「게르에서 며칠 밤」 전문

몽골의 드넓은 유목의 초원. 가축들 먹이기 좋은 풀이

무성한 데서 멈춰 천막집 게르를 치고 머물다 다시 또 풀밭을 찾아 떠나는 게 유목의 삶이다. 그런 초원 위 게르에 며칠 머물며 쓴 시다.

게르는 짓는 데 네 시간 걸리고 허무는 데 두 시간 걸린다. 그렇게 집을 짓고 살다 또 다른 데로 떠난다. 어디 유목의 삶과 여행만이 그럴 것인가. 우리네 삶도 그렇게 왔다 짧게 며칠 머물고 떠나는 것 아니겠는가. 그냥 그렇게 머무는 데가 집이요 무주열반無住涅槃이니 모든 것에 집착 없이 떠나고 또 떠나라는 것이다.

지상에서 가장 오래된 담수호
깊고 푸른 바이칼 밤낮 출렁인다

가슴은 늘 조바심이다
밖에 나갔던 별들 다 돌아올 때까지
　-「어머니」전문

세상의 모든 물이란 물은 다 모여들었다 다시 강이 되어 세상 도처로 흘러 나가는, 세상에서 가장 오래돼 깊고 바다같이 넓은 호수가 바이칼이다. 그래서 원주민들이

강의 어머니라 부르는 바이칼을 제목으로 삼은 시다.

우리 한민족의 시원, 원향原鄕이기도 한 바이칼에는 보고 느낄 것도 많다. 물기를 잔뜩 머금고 금방이라도 호수 속으로 떨어질 것 같은 주먹만 한 별들, 해가 솟아오르면 해를 향해 날아오르는 까마귀 삼족오 떼와 햇살에 빛나는 무당의 오색 깃발 등등.

그러나 시인은 그런 바이칼을 바라보면서 어머니를 떠올리고 있다. 행여 한 자식이라도 무사히 돌아오지 않을까 노심초사 조바심에 찬 어머니의 마음에 초점을 맞추고 있다.

그런 어머니에게서 우리는 우주의 한없는 사랑, 부처님의 대자대비함을 그대로 느낄 수 있다. 그런 마음이 또 우리 일상의 인지상정 아니겠는가.

이처럼 이번 시집은 서역, 중앙아시아 사막과 초원 곳곳을 돌며 보고 느낀 것을 그대로 전하고 있다. 그 하고많은 볼거리와 거기서 일어나는 마음 한편 한편을 간단명료하게 보여주며 우주의 섭리와 인생사 깨달음에 살갑게 공명하게 하고 있다.

여로에서 사심 없는 마음에 드러나는 현전現前의 풍경

실크로드 길목 난주 병령사 14호 석굴입니다

눈도 코도 귀도 입도 없이 겨우 형체만 갖춘
만들다 만 덜 된 불상이 있습니다

다 된 부처는 더 될 게 없지만
덜 된 부처는 덜 돼서 될 게 더 많아 보였습니다

그 앞에 서니 나도 덩달아 부끄럽지 않았습니다
　　－「덜 된 부처」전문

　서역 실크로드로 가는 란저우 시내를 관통하는 황하
상류 협곡을 배 타고 들어가다 보면 부처님을 모신 거대
한 석굴들로 이뤄진 병령사가 있다. 장인 솜씨로 잘 조성
된 불상들도 있는가 하면 미완성인 듯한 불상도 있다.
　그런 석굴의 부처님들을 보며 필자는 전남 화순 운주
사 불상들의 느낌이 들었다. 장인이 아니라 농부며 어린
애들이 쪼아놓은 것 같은 불상들이 조화를 이루며 차별

없이 널브러져 있는 운주사 천불. 천차만별로 우열을 가릴 수 없던 그 느낌이 병령사 덜 된 부처에서도 들었다.

시인은 그 덜 된 부처에서 지금의 이 상태가 최고임을 아는 만족을 보고 있다. 완성이 아니라 과정이 중요한 생생한 삶, 현전現前을 보고 있다. 모든 것을 다 던져 부끄럽지 않게, 아주 쉽게 우리네 평상의 마음이 곧 부처님 마음이고 도라는 것을 전하고 있다.

왜 갑남을녀의 평상심이 도인가? "거기에는 조작도 시비도 취사取捨도 단상斷常도 범부와 성인도 없기 때문"이라고 마조선사는 말했다. 우리 눈앞에 펼쳐진 현전의 세계를 있는 그대로 여여如如하게 보고 말하는 마음이 평상심 아닌가.

목숨 늘 위태롭다
한눈팔다 미끄러지는 순간
산 채로 산산조각, 그걸로 끝이다
벼랑은 그런 곳 안전지대가 없다
튼튼한 다리 가벼운 몸
암벽타기 선수만 살아남는다
때로는 자존심 건 뿔싸움 반나절

그래봐야 지킨 영토는 한 뼘 남짓이다

그 사이 눈밭에 찍힌 발자국은

봄눈 녹듯 매일 조금씩 늙어가는데

불귀로 떠날 그날까지 견뎌야 하는

산양, 그 삶의 터전은

오늘도 절벽이다

　　－「산양」 전문

　높다란 협곡 깎아지른 벼랑을 터전 삼아 사는 산양을 그린 시다. 아득한 옛날부터 마방들이 당나귀에 상품을 잔뜩 싣고 죽음을 무릅쓰고 넘나드는 그 벼랑길 아득한 위에 사는 산양을 통해 시인은 백척간두百尺竿頭에 선 실존實存이며 현전을 봐내고 있다.

　첫 행부터 "목숨 늘 위태롭다"는 대명제를 내세우고 있다. 그러면서 산양의 위태로운 삶을 있는 그대로 그리고 있다. 그러다 후반부에서 시인의 눈은 그런 산양과 겹쳐지면서 첫 행의 대명제를 보편화한다.

　전반 딱딱한 설명이 서정적으로 전환되는 "눈밭에 찍힌 발자국은/ 봄눈 녹듯 매일 조금씩 늙어가는데"는 이 시의 눈깔, 시안詩眼이다. 시인과 산양이 합치되면서 봄눈 녹듯 늙어감이 우주 순항의 이치요 본질임이 아주 서정적으로 드러난 절구絶句다.

거기에 이어지는 "불귀로 떠날 그날까지 견뎌야 하는"에서는 순항의 이치, 보편적 본질에 삼라만상 개개의 실존마저 겹쳐지고 있다. 오늘의 절벽, 그 벼랑 끝이 우리네 삶의 터전이요 본질이라고. 본질이며 도와 오늘의 아등바등 위태로운 실존의 현장, 현전이 불이不二임을 쉽고도 너끈하게 보여주고 있다.

　　고개 들어 태양을 향해 외친다

　　비바람 피한 적 한 번도 없었다고
　　뜨겁게, 뜨겁게 살아 여기서 꽃 폈다고
　　　－「사막 꽃」 전문

불모의 사막에서 피어난 꽃을 보고 시인이 그 꽃이 돼 세상을 향해 절규하고 있는 시다. 이글이글 타오르는 태양과 비바람을 피한 적 없이 뜨겁고 간절하게 살아 맨몸으로 이 불모의 땅에 꽃 피어 있다고.

어디 사막 꽃의 삶만이 그렇겠는가. 시인도 그렇고 우

주 삼라만상 지금 여기의 삶 모두가 그렇다. 그렇게 뜨겁고 간절하게 매 순간순간을 살아가는 모습 그대로가 현전이다.

서양 근대의 인간 이성에 바탕한 관념론에서 탈피해 실존주의를 완성하며 현상학으로 넘어간 마르틴 하이데거는 "존재는 그 본래적 의미에서 현전"이라고 말했다. 해서 형이상학적 관념이나 가정에 갇힌 존재를 지금 우리 눈앞에 생생하게 펼쳐지는 현전으로 살려냈다.

불교, 특히 선禪에도 관심이 높았던 하이데거의 현전에서는 인간 주관이나 이성에 의한 어떤 의미도 찾아볼 수 없다. 해서 서양의 관념론적 입장에선 무無와 같을 것이다.

그럼에도 아무런 사심 없이 눈뜬 자에게 존재는 이미 환하게 현전해 있는 것이다. 그런 상주열반常住涅槃이 곧 평상심지도平常心之道이련만 인간의 무명無明과 아집이 주객主客으로 양분된 사고로 그걸 못 보게 하고 있는 것이다.

홍 시인의 「사막 꽃」 같은 좋은 시편들은 그런 생생한 현전의 현장을 간단명료하게, 강렬하게 표출해 내고 있어 힘 있게 독자의 가슴속을 치고 들어가는 것일 게다.

이 산 저 산
사이

당신과 나
그 사이

계곡 아찔하게
깊다

호랑이가
건너뛰었다는

위험한
사랑
　－「호도협곡虎跳峽谷」전문

　5천 미터 훌쩍 넘는 높은 두 산이 마주 보고 있는 사이
로 금사강이 흐르는 기다란 협곡. 그 사이가 너무 좁아 호
랑이가 뛰어 건넜다는 전설이 있는 호도협곡에서 쓴 시
다. 위에서 바라보면 깊고도 아찔해 위험천만인 그 협곡

에서 사랑을 보고 있는 시다.

아니 목숨을 내놓지 않으면 건널 수 없는 협곡의 그 위험한 '사이'를 당신과 나의 사이로 보고 있다. 그런 절체절명의 위태로운 사이가 삼라만상 현전의 모습이고 그런 상황에서 불법과 도의 길, 대자대비한 사랑의 길은 열린다고.

아주 간절한 당신과 나 사이의 연애시로 그대로 읽어도 좋을 시다. 불법과 구도승 사이의 백척간두 절체절명의 구법의 시로 읽어도 좋은 시다. 홍 시인은 만해의 연애시집이면서도 구도의 시집인 『님의 침묵』처럼 '님'이며 '당신'이며 '그대'를 내세워 우리네 간절한 연애, 사랑과 도가 하나임을 살갑고도 구체적으로 형상화하고 있기도 하다.

우리네 그리움과 사랑, 도道가 하나임을 드러내는 연시戀詩

바람에 실어 날려 보내면 가서 닿을까

구름에 달아 띄워 보내면 가서 전할까

세상 끝 어디서 착하게 늙어가고 있을

가끔은 그리운 그대에게 보내는 내 마음
 ─「타르초 편지」 전문

티베트 지역을 여행하다 보면 사원이나 길 높은 고개
나 벼랑 등에서 환한 햇살과 바람에 나부끼는 오색 깃발
을 종종 볼 수 있다. 손수건만 한 깃발에 불경을 촘촘히 적
어 넣어 바람에 널리 퍼뜨리고 있는 타르초다.

그런 타르초를 보며 시인은 마음속 영원한 그리움으로
남은 그대에게 편지를 쓰고 있다. 그래서 그대로 연시로
읽어도 참 좋은 시다. 시인은 타르초라는 구도의 방편과
연애며 그리움이며 사랑을 한 쾌로 보고 있다.

처음 알았다
대리석이라는 말 운남성 대리에서 유래됐다는 것
석회암이 높은 온도와 압력 받아 변성한 돌이라는 것
그 과정에서 꽃무늬가 생겨 아름답다는 것
쉽게 만들어지는 게 아니라는 것

뒤늦게 알았다

사랑이란 말 사람과 사람 사이가 뜨거워야 생긴다는 것

가슴이 백만 톤 압력 받으면 얼굴도 변성된다는 것

그 과정에서 심장에 꽃무늬가 찍힌다는 것

아무리 애써도 지울 수 없다는 것

　－「대리석 꽃무늬」 전문

　이번 시집에 실린 중간 길이 정도의 시다. 그리고 두 연으로 나누어 설명식으로 나가고 있다. 앞 연에서는 중국 운남성 대리시에 가서 대리석의 유래에 대해 설명하고 있다. 뒤 연에서는 사랑에 대해 말하고 있다.

　예부터 대리시에서 나오는 돌이 하도 아름다워 고급 건축자재로 많이 쓰이며 그 지명의 유래를 따 대리석이라 했다는 것을 시인은 처음 알았다. 석회암이 높은 온도와 압력을 받으면 꽃무늬가 새겨진 대리석으로 변성된다는 것도 알았다.

　그런 앞 연의 설명만으론 물론 시가 될 수 없다. 그러나 그런 대리석이 뒤 연의 우리네 사랑에 연결되며 간절한 연시가 되고 있다. 그 높은 압력과 온도로 심장에 꽃무늬가 찍히는 게 사랑이라고.

그래서 지우고 잊으려 해도 그렇게 안 되는 게 사랑이
고 그리움이라고 시인은 말하고 있다. 한번 찍힌 구도의
꽃무늬 또한 시인에겐 그럴 것이다.

> 물도 없고
> 꽃도 없고
> 햇볕만 뜨거웠다
>
> 그런데도 밤이 되면
> 별이 뜨고
> 달이 떴다
>
> 그리운 것들은
> 모두
> 서역의 별로 떠 있었다
> ─「서역」 전문

앞에서 살핀 서시 「나의 왕오천축국전」에서는 서역
으로 가는 길을 "하얀 목숨 하나 짊어지고/ 걷고 또 걷는"
길이라며 목숨 건 구도의 길이라 했다. 그런데 위 시에서

는 그리운 것들이 모두 별로 떠 있는 그리움의 길로 보고 있다.

첫 연에서는 불모의 사막 길로 보았지만 마지막 연에서는 그런 목숨 건 구도의 길을 그리움의 서정적인 길로 확 전환하고 있는 것이다. 아니 구도와 그리움을 명백히 한가지 한 쾌로 꿰고 있는 시, 시조다.

안개 낀 매리설산 정상은 육천칠백

큰 산치고는 못 오를 높이는 아니다

그래도 약꾼들은 중간에서 돌아선다

한 군데쯤은 미답으로 남겨두자는 뜻
－「성산聖山」전문

시인의 시 쓰는 자세, 구도의 자세를 여실히 드러낸 시다. 이 시를 읽으며 서정주 시인의 「시론詩論」이란 시가 우연 떠오른다.

"바다 속에서 전복 따 파는 제주 해녀도/ 제일 좋은 건

129

님 오시는 날 따다 주려고/ 물속 바위에 붙은 그대로 남겨
둔단다./ 시의 전복도 제일 좋은 건 거기 두어라./ 다 캐어
내고 허전하여서 헤매이리요?/ 바다에 두고 바다 바래여
시인인 것을⋯⋯."

환갑을 맞아 제주도로 유람 가서 해녀에게 들은 말에
착안해서 쓴 시다. 미주알고주알 다 알고 말하려 하지 말
라고. 남겨둘 건 남겨둬야 시이고 삶이고 그리움이라고.

홍 시인도 매리설산 약초꾼들의 말을 빌려 그런 뜻을
전하고 있다. 항상 안개로 제 높은 봉우리를 가리고 있어
사람들에게 안 보여야 성스러운 성산으로 계속 남을 수
있다. 그걸 굳이 정복해 보고 이러쿵저러쿵 말로 한다면
어찌 성스러운 것이 남겠냐는 것이다. 시도 구도도 그리
움도 그렇다는 것을 쉽게, 실제로 전하고 있는 시다.

몽골 옛 수도 카라코룸 에르덴조사원 남녀합환상은 절대
무아의 고통스러운 표정이다 요니를 무릎에 앉힌 요기는
결승선을 앞둔 마라토너가 안간힘 쓰듯 얼굴 일그러져

신김치 먹은 양 찡그린 환호는 교합의 절정 천당과 지옥
은 백지 한 장이라는 비밀 말씀 여기서 다시 읽는다 삶과

죽음이 하나이듯 즐거움과 괴로움 또한 다르지 않다는

늙은 라마처럼 백 가지 보물 숨긴 폐허의 사원은 천년 저
렇게 무언의 설법이다 지상의 어떤 기쁨도 안개처럼 사라
져야 할 운명이라면 그 허무의 극명 여기서 깨달으라고

그렇지만 끝내 열락의 구극에 닿고 싶은 불덩이 같은 사
람들은 오늘도 백팔 탑 담장 두른 에르덴조 사원으로 간
다 순례승처럼 만리 먼 길 오체투지로 남몰래 가슴 뛰며
　　　　　　　　　－「우리는 에르덴조 사원으로 간다」 전문

　산문시 형태로 네 연으로 구성된 꽤 긴 시다. 그 에르덴
조 사원으로 가서 우리는 홍 시인으로부터 남녀교합상의
비밀불교적 의미에 대해 자세하게 설명을 들었다. 홍 시
인은 우리에게 해주었던 설명을 독자들에게도 전하기 위
해 산문시 형태를 취했을 것이다. "찡그린 환호는 교합의
절정 천당과 지옥은 백지 한 장"이라는 불이不二를 확연히
알고 보여주기 위한 방편과 형상이 섹스이고 그런 교합
상이란 것을.
　그러다 마지막 4연에 와서는 우리네 일상, 섹스에서도

131

휜히 보고 느낄 수 있는 그 절정, 도의 구극究極을 구하기 위해 오늘도 오체투지의 고행으로 찾아오는 사람들에 대해 말하고 있다.

옳다 그르다를 떠나 그런 행위를 그대로 봐내고 있는 데서 우리는 이 시집을 꿰고 있는 시인의 도저한 현전을 들여다볼 수 있다. 지금 우리 눈앞에 펼쳐지고 있는 생생하고 솔직한 삶과 생각이나 관념의 배후 없는 세계가 현전이요 구극이라는 것을.

이 시집에 실린 많은 시편들은 그런 위없는 깨달음을 친절하고 살갑게 보여주며 우리네 평범한 삶을 응원하고 있다. 길고 난해한 시들이 판치는 작금의 우리 시단에서 이런 짧고 살가운 시편들로 공감의 폭과 깊이 넓혀주다니! 더욱 큰 시인의 길 걸으시길 빈다.